RÉFLEXIONS

SUR LE RAPPORT

DU MINISTRE DES FINANCES AU ROI

ET AUX DEUX CHAMBRES.

A PARIS,

CHEZ LES MARCHANDS DE NOUVEAUTÉS.

M. DCCC. XIV.

RÉFLEXIONS

SUR LE RAPPORT

DU MINISTRE DES FINANCES AU ROI

ET AUX DEUX CHAMBRES.

Le compte rendu, dans ce rapport, a le mérite de la clarté, de la précision et de la bonne foi, et nous avons enfin sous les yeux un tableau sincère de la situation des finances.

A côté de ce tableau se présente naturellement celui de la France commençant à respirer après vingt ans de guerres et de souffrances, et obligée encore à de grands efforts pour fermer les plaies faites par le dernier gouvernement, et pour donner au légitime souverain rendu à ses vœux les moyens d'assurer sa gloire et son bonheur.

Dans la nouvelle organisation des finances du royaume, trois objets principaux doivent fixer la sollicitude du roi et des deux chambres :

1°. La sûreté des dépenses de tous les services de l'état ;

2°. La satisfaction due aux créanciers, quels qu'ils soient, porteurs d'engagements pris au nom de l'état ;

3°. Le soulagement des contribuables.

Le problême à résoudre est donc de concilier l'accomplissement de ces trois obligations, également sacrées ; et on s'exposerait à les violer toutes les trois, en voulant assigner à l'une d'elles la priorité sur les deux autres.

Cependant il paraît que dans le projet de loi joint à son rapport, le ministre des finances, par excès de délicatesse, a dépassé les bornes de la justice due aux créanciers de l'*arriéré*, et qu'il aurait pu assurer leur remboursement sous des formes moins onéreuses pour le gouvernement et pour les contribuables.

Cette opinion a besoin d'être justifiée ; car ce n'est pas légèrement qu'on peut proposer ou indiquer des amendements à un travail dicté par l'amour du bien, et que recommandent les lumières et les méditations de son auteur.

Il n'y a rien à retrancher dans les budgets présentés pour 1814 et 1815, sur le montant des dépenses relatives aux services des différents ministères; chaque ministre a déterminé sa demande de fonds *dans la proportion la plus rigoureuse possible, avec les besoins mûrement approfondis* de son département (1), et le ministre des finances a adopté et présenté avec confiance au Roi et aux deux chambres le résultat de leurs estimations respectives.

Les observations à faire ne peuvent donc porter que sur la nature et la quotité des impôts créés ou maintenus, et sur le mode de paiement de l'*arriéré.*

Il est dû justice et protection aux contribuables comme aux créanciers de l'arriéré; et c'est à établir une juste balance entre les devoirs des uns et les droits des autres, que consiste la science de l'administration dans les circonstances extraordinaires où nous sommes placés.

---

(1) Ce sont les termes mêmes du rapport.

En faveur des CONTRIBUABLES, nous répéterons, avec le ministre des finances, que le bouleversement opéré sous le dernier gouvernement a *tout atteint et tout maltraité*, *familles*, *propriétés*, *industrie*, *commerce*, *agriculture; que les réquisitions et les ravages de la guerre ont mis plusieurs départements hors d'état de payer leurs contributions ordinaires*, etc., etc.

Nous ajouterons que, même avant 1813, l'impôt, tant en principal qu'en centimes additionnels, s'était élevé à un taux exorbitant, et que l'extraordinaire demandé pour 1813 et 1814, concourant avec les dommages causés par la guerre intérieure, a épuisé, pour long-temps, les propriétaires et les cultivateurs; ils ne pourraient donc plus continuer les mêmes efforts, et il est indispensable de les alléger si on ne veut pas tarir tout-à-fait les sources de la reproduction, au détriment même du produit de l'impôt.

Quant aux CRÉANCIERS DE L'ARRIÉRÉ, quoique la dette contractée envers eux par le dernier gouvernement, l'ait été, au moins en grande partie, hors des termes de la loi, et même en violation de la loi, cependant le

Roi a voulu que, comme pris au nom de l'état, les engagements dont ils sont porteurs fussent acquittés; et ce sera sans doute aussi le vœu des deux chambres.

Cet acquittement est un acte de loyauté respectable; mais en y procédant avec sagesse, il faut distinguer entre la libération en elle-même, et le mode de la libération; l'une est de rigueur, l'autre est nécessairement subordonné aux commandements de la force majeure : car si l'on voulait choisir et préférer le mode le plus parfait, ce qu'absolument parlant il y a de meilleur, c'est le payement comptant et en espèces qu'il faudrait proposer, puisque tout l'arriéré est échu et devrait être payé en argent.

Mais l'impossibilité de payer comptant et la nécessité d'ajourner étant reconnues, il n'y a plus à délibérer que sur le plus ou le moins d'éloignement des termes, et sur l'indemnité du retard.

Et il ne faut pas perdre de vue, dans cette importante délibération, que la puissance législative remplit ici les fonctions de tutrice de la fortune publique, et qu'en cédant au sentiment d'honneur qui la presse de se charger de la liquidation et du payement des dettes du dernier gouvernement, elle a aussi à arbitrer, dans sa sagesse, les tempéraments propres à adoucir et à diviser le nouveau fardeau qu'elle va imposer aux contribuables.

Si on eût dit, il y a trois mois seulement, aux créanciers de l'arriéré :

« Les engagements pris envers vous par » le dernier gouvernement excédant les » fonds qui avaient été légalement affectés, » chaque année, aux services des différents » ministères; ou bien ils résultent d'emprunts » forcés faits par le chef du gouvernement « de sa seule autorité.

» Vous n'êtes donc pas, au moins pour la » plupart, créanciers de l'état proprement » dits; cependant le Roi ne veut pas que » vous soyez victimes de votre erreur ou de » la violence qui vous a été faite; vos créan- » ces seront vérifiées, liquidées et inscrites » au grand livre de la dette publique. »

Tous, sans exception, en recevant une telle promesse, auraient béni leur sort; seulement peut-être ils auraient mis en doute l'existence de moyens suffisants pour assurer le service de ce surcroît de rentes.

Ce mode de remboursement, par inscription sur le grand livre au pair, était en effet le seul auquel les créanciers de l'*arriéré* pussent raisonnablement prétendre.

De l'objection puisée dans le bas cours des rentes.

L'objection tirée de la dépréciation des fonds publics, encore subsistante lors du rapport fait par le ministre, n'était pas admissible ; elle devait disparaître avec toutes les causes de discrédit ; l'ordre succède au désordre, la franchise à la tromperie, l'ardent amour de la justice au profond mépris de ses droits les plus sacrés ; et, dans un moment où l'équilibre se rétablit entre la dépense et la recette, la valeur de la dette publique doit être mise sur la même ligne que celle des engagements du débiteur le plus solvable ; son estimation naturelle et légitime est celle d'un capital égal à vingt fois la rente ou l'intérêt annuel qu'elle produit ; les promesses du gouvernement actuel ont toute la réalité de la valeur qu'elles expriment; et qui pourrait mieux apprécier la fidélité d'un tel débiteur que ceux-là même envers lesquels il se charge d'un arriéré qui n'est pas son ouvrage?

Faut-il néanmoins lever jusqu'au scrupule né de la comparaison du cours des rentes avec leur valeur primitive et intrinsèque? Ce but se trouve rempli en offrant aux créanciers de l'arriéré l'option d'un remboursement en obligations exigibles à terme fixe et productibles d'intérêt; car, en attendant l'échéance de ces obligations, ils n'auront rien à perdre, ni en capital ni en intérêt.

A présent, quel sera le terme du paiement du capital? quel sera le taux de l'intérêt? car c'est à ces deux questions que la difficulté se réduit.

L'obligation d'ajourner le paiement de l'arriéré une fois admise et reconnue, (et il faut bien reconnaître l'empire de la nécessité), la fixation du terme n'a d'autre mesure que celle de la réalisation successive des ressources de l'état: or, les ressources de l'état consistent dans les impôts qu'on lui paie et dans les revenus de ses domaines.

Vendre des bois pour payer l'arriéré, ce serait violer sans nécessité le principe de l'inaliénabilité des domaines de l'état; et c'est au contraire à présent, plus que jamais, qu'il convient de remettre ce principe en vigueur, et que, loin de tendre à affaiblir encore le domaine de la couronne, un des soins de l'administration doit être de le recomposer en quelque sorte, et de recouvrer ce qui en a été démembré (1).

Ce serait encore un engagement inconsidéré que celui de payer dans l'intervalle de trois, quatre ou même cinq ans, un arriéré de 760 millions qui, sans les intérêts à y ajouter, représenterait à peu près une année et demie de toutes les dépenses ordinaires du gouvernement; la richesse des états en général, comme celle de la France en particulier, ne se composant que de revenus, c'est une mesure funeste à leur tranquillité, à leur stabilité même, que celle de leur faire

---

(1) Sous le dernier gouvernement, il pouvait être convenable de mettre des forêts en vente, en choisissant surtout celles situées dans les pays réunis à l'ancienne France; cette mesure, commandée alors par l'énormité des besoins toujours croissants, était encore analogue au système permanent d'envahissement et de conquête suivi par le chef de l'état.

contracter des engagements en capitaux exigibles, même à long terme; et tout l'édifice du crédit de l'Angleterre, dont le ministre des finances loue avec raison l'exactitude, repose sur un système invariable d'emprunt à constitution de rente qui ne l'expose jamais à des remboursements disproportionnés avec le montant de ses revenus. La position actuelle de la France ne permet pas de lui imposer, sans témérité, l'obligation de remboursements considérables, à terme fixe et rapproché; car, de l'aveu du ministre lui-même, ce n'est qu'en espérance et par apperçu, qu'on peut établir la balance entre les dépenses et les recettes; et ce ne sont pas les dépenses qui peuvent être moindres qu'on ne les évalue; l'expérience prouve que jamais, à cet égard, il n'y a rien à rabattre: ce qui est douteux et sujet à réduction, ce sont les rentrées, surtout dans l'état d'épuisement où se trouvent aujourd'hui toutes les fortunes particulières. Ainsi, au lieu du terme de trois ans fixé dans le projet de loi joint au rapport du ministre des finances, il serait raisonnable de diviser par dixième, ou même par douzième, d'année en année, à commencer en 1816, le remboursement des

759 millions d'arriéré ; ce qui ferait environ 63 millions par an, c'est-à-dire, une somme inférieure à l'excédant présumé de la recette à la dépense dans les années ultérieures à 1815.

Du taux d'intérêt à payer pour l'arriéré.

A l'égard du taux d'intérêt ou de l'indemnité à allouer aux créanciers de l'arriéré à cause du retard du paiement, en faisant même abstraction de ce qu'il y a de libre et de purement volontaire dans la reconnaissance de cette dette étrangère au gouvernement actuel, ce serait, on le répète, placer le gouvernement au nombre des débiteurs mauvais ou douteux, que de le charger d'un intérêt supérieur, on ne dit pas à l'intérêt légal, mais à l'intérêt que supporte communément tout riche propriétaire, tout sage administrateur : voilà la seule mesure qui ne soit pas trompeuse, parce qu'elle est prise dans l'ordre des transactions régulières qui se passent journellement sur tous les points du royaume et entre toutes les classes des citoyens indistinctement. Que signifie, à côté de cette règle uniforme et en rapport avec le produit ordinaire des propriétés de toute espèce, le cours arbitraire et variable formé par le concours de spéculateurs uniquement occupés d'observer les besoins du gouvernement et du commerce, afin de vendre leurs capitaux plus cher ? De toutes les mercuriales, celle-là est la pire, surtout en matière de liquidation à la charge de l'état; et en effet, comme c'est toujours à raison des besoins du trésor public, que se forme le cours de l'intérêt sur la place de Paris, qu'arriverait-il en le prenant pour base? Que plus l'état serait embarrassé, et plus il aurait à régler magnifiquement les intérêts de l'*arriéré* dont il se charge; en sorte que, s'il ne trouvait à emprunter qu'à 12 ou 15 pour cent, par exemple, il faudrait qu'il payât aussi 12 ou 15 pour cent d'intérêt annuel aux créanciers de l'*arriéré*, sans égard à ce qu'en souffriraient les contribuables qui, en dernière analyse, feraient les frais de cette libéralité, et dont pourtant, dans l'état des choses, le soulagement est pour le moins au même degré d'urgence que l'intérêt à accorder aux créanciers de l'arriéré.

Une autre remarque essentielle à faire,

c'est que les obligations à donner en paiement de l'arriéré étant négociables, une fois qu'elles seront en circulation, les considérations qui imposent aujourd'hui silence aux créanciers directs sur le taux de l'intérêt modérément calculé, ne pourront plus être opposés aux tiers porteurs; et si, pour avoir pris des termes trop courts, l'état était forcé, lors des échéances, de recourir à des renouvellements ou à des emprunts, on se prévaudrait, avec raison, de sa propre fixation comme d'une règle faite pour le taux des intérêts et de l'indemnité du nouveau retard; il aurait donc ainsi d'avance, travaillé lui-même à la ruine de son crédit.

Les partisans de la fixation du taux d'intérêt à 8 pour cent par an (et il est tout simple que les créanciers de l'arriéré soient de cet avis), s'épuisent en subtilités sur la nature de l'argent, et sur les fonctions qu'il remplit dans la société et dans le commerce. « L'argent est une marchandise, dit-on, c'est » une propriété comme une autre, on peut » y mettre le prix qu'on veut, et en vendre » l'usage comme on vend la jouissance de » sa terre, de sa maison; ce sont les convenances respectives qui en déterminent la

» valeur : il ne saurait y avoir d'intérêt fixe, » il est haut ou bas selon la rareté ou l'abon- » dance du capital ; l'intervention du légis- » lateur dans sa fixation, pour déclarer ce » qu'on appelle *l'intérêt légal*, n'est qu'un » abus d'autorité, une violation du droit de » propriété. L'usure et ses ravages sont des » chimères ; et le possesseur d'une somme » d'argent fait une chose tout aussi licite, » en la prêtant à gros intérêt, que le posses- » seur d'une marchandise quelconque en la » vendant bien cher. »

D'abord, il est au moins douteux qu'on puisse ainsi confondre le signe avec la chose, et identifier, avec les valeurs véritables et proprement dites, le métal monnayé qui ne sert qu'à en faciliter l'échange : et puis, il serait bien facile de justifier, dans l'intérêt de la société seulement, (morale et religion à part), les lois modératrices de l'exigence des prêteurs, et qui tendent à proportionner l'intérêt conventionnel et judiciaire au produit commun et ordinaire des capitaux les plus utilement placés ; mais on n'a pas à traiter ici la question de savoir si l'argent faisant office de monnaye, est une marchandise qu'on peut, sans inconvénient, vendre tout ce qu'on veut : car, il ne s'agit pas, à l'égard des créanciers de l'arriéré, d'acheter de l'argent qu'ils aient à vendre, mais tout simplement de procéder à la liquidation des dettes contractées envers eux par le dernier gouvernement, comme on procéderait, par exemple, à la liquidation des sommes dues par une succession, par des mineurs ou par tout autre débiteur obligé d'atermoyer, même par un négociant qui aurait intérêt à faire entrer, dans les arrangements à prendre avec ses créanciers, le soin de son crédit et de sa réputation. Quel que soit le débiteur qui traite avec ses créanciers, on n'a jamais prétendu qu'il fût de son devoir, de son honneur, ou de sa prudence de leur promettre un intérêt supérieur au taux conventionnel ordinaire ; et sa réhabilitation est complète, dans l'opinion publique comme aux yeux de la loi, quand il paye, au terme convenu, capital et intérêt à cinq pour cent par an, ou à six au plus si c'est un négociant ?

Et, pour raisonner de plus près encore avec les créanciers de l'arriéré, on demande à ceux d'entre eux dont la créance résulte de traités faits avec le gouvernement; si le taux d'intérêt stipulé dans ces traités, en cas de retard de payement, a été laissé à l'arbitrage des circonstances, et s'ils ne se sont pas contentés du taux ordinaire de cinq pour cent par an? Ils conviendront même, s'ils sont de bonne foi, que dans les vœux très légitimes, sans doute, qu'ils ont faits pour être remboursés, aucun d'eux, avant le rapport du ministre des finances, n'avait fait entrer le vœu indiscret de recevoir un intérêt plus fort que celui de cinq pour cent par an.

De la fixation des contributions, ou du budget des recettes pour l'année 1815.

Du moment que par la division proposée des époques du paiement de l'arriéré, les contribuables se trouveraient délivrés de la présence imminente de ce fardeau extraordinaire, on aurait atteint, par-là même, un autre but non moins désirable, celui d'une diminution possible dans les contributions directes, même pour l'année 1815.

La contribution foncière en particulier, presque doublée pour l'année 1814, par l'additionnel et l'extraordinaire, absorbe la meilleure partie du produit des terres; et de ce qu'elle a été bien payée jusqu'à présent, il n'y a rien autre à en conclure, si non que l'action privilégiée du fisc a trouvé une matière suffisante à l'exercice de ses droits; mais cela ne prouve pas qu'il soit resté aux colons et aux propriétaires de quoi faire face à leurs besoins les plus indispensables.

A la vérité, les tableaux joints au rapport présentent, pour l'année 1815, comparée à l'année 1814, un dégrévement de 80 millions; mais c'est parce que 1814 présentait sur 1812 et sur les années antérieures, un surcroît de charge de plus de 130 millions.

Puisqu'on exige, sans réduction, l'extraordinaire de 1813 et de 1814, l'année 1815 doit être dégagée de cet extraordinaire; et ce sera encore un fardeau assez lourd que celui des contributions directes sur le pied de l'ordinaire de 1813.

Cet amendement au budget des recettes de 1815 opérera un soulagement de 53 millions environ sur les contributions directes telles qu'elles sont portées dans ce budget; mais comme dans l'état des dépenses de la même année 1815 on a porté 70 millions 300 mille francs affectés au paiement de l'arriéré, et que, dans le nouveau plan proposé, rien n'est payable sur le capital de l'arriéré avant 1816, il restera encore 17 millions de libres pour faire face aux intérêts de la portion de l'arriéré qui aura été liquidée avant la fin de 1815.

Il restera de plus les 87 millions à provenir du prix de la vente des biens des communes; et cette ressource particulière est d'autant plus précieuse, que, dans la formation des budgets de 1814 et 1815, on a jugé qu'il n'y avait pas lieu à prévoir, dans le cours de ces deux années, de dépenses extraordinaires pour le cas de guerre ou d'autres événements improbables.

*Observation particulière sur l'éloignement des termes du paiement de l'*ARRIÉRÉ.

On ne manquera pas de dire que la conversion de l'arriéré en obligations à long terme productibles de 5 pour cent d'intérêt, déterminera les créanciers à préférer l'inscription au grand livre à ce mode de paiement; et cela arrivera sans doute si les mouvements, souvent désordonnés, de la bourse de Paris venaient à avilir le cours des obligations; mais cela ne changerait rien au fond des choses, et il n'en serait pas moins vrai que l'état, dont la solvabilité et la fidélité ne doivent plus être en question, se serait complètement acquitté, en offrant aux créanciers de l'arriéré du perpétuel ou de l'exigible à leur choix, avec 5 pour cent de rente ou d'intérêt annuel.

Du reste, il serait dans la convenance de l'état que la plus grande partie de l'arriéré fût inscrite au grand-livre; la dette publique perpétuelle dût-elle s'accroître, par-là, de 25 à 30 millions par an, ne s'élèverait pas encore, en totalité, à 100 millions de rentes perpétuelles ; et, à ce compte, le fonds d'amortissement à créer pour son extinction graduelle serait peu considérable.

Avec un fonds de 20 millions par an, le cours des rentes supposé à 75 pour cent, on éteindrait en dix ans 20 millions de rentes, en quinze ans plus de 30 millions, et en vingt ans cinquante millions; à la vérité le cours des rentes s'élèvera infailliblement au-dessus de 75 pour cent, et en ce cas l'extinction sera plus lente; mais ce sera là un signe de prospérité et de crédit, et il est à désirer que la caisse d'amortissement ne trouve elle-même à acheter qu'au pair.

Fondation de la caisse d'amortissement.

Dans le rapport du ministre des finances, cet établissement est ajourné à une époque indéterminée; cependant il fait partie essentielle d'une bonne constitution financière; il embrasse, dans l'exercice de ses fonctions salutaires, le *passé*, le *présent* et l'*avenir :* le *passé* en diminuant la dette, le *présent* en maintenant le cours des fonds publics, et l'*avenir* en ménageant, pour les cas extraordinaires, l'usage du crédit de l'état. On ne saurait poser trop tôt cette pierre fondamentale de la confiance; et nous en trouvons encore le moyen en appliquant au fonds d'amortissement le produit, en revenus seulement, des 300 mille hectares de bois dont la vente est proposée dans le rapport du ministre. Ce produit devra s'élever annuellement à environ 15 millions, ci 15,000,000 fr.

A quoi l'on pourrait ajouter:

1°. La portion de la dette publique perpétuelle constituée au profit de la caisse d'amortissement actuelle, et du domaine de l'extraordinaire, montant, suivant l'état n°. 11 joint au rapport du ministre, à . . . . 5,750,000 fr.

2°. L'équivalent des extinctions à venir sur la dette publique viagère, telles qu'elles avaient été attribuées à la caisse d'amortissement actuelle, et qu'on peut évaluer à un million par an, ci . . 1,000,000 fr.

Total . . . 21,750,000 fr.

Lors même que ces trois articles réunis ne produiraient que 20 millions, on ne craint pas de garantir qu'avec un pareil moyen d'amortissement constitué dès à présent, les fonds publics de France seront bientôt au même degré de faveur que ceux d'Angleterre; aujourd'hui le même capital qui rend en France 5 pour cent par an, ne procure en Angleterre que 3 pour cent, et il est impossible qu'une telle différence subsiste après la réorganisation des finances de France; l'intérêt et les arrérages de la dette publique de France (perpétuelle et viagère) n'excéderont pas, en totalité, le sixième des revenus ordinaires; en Angleterre, l'intérêt de la dette est à peu près égal au montant de ses revenus ordinaires; c'est le fonds d'amortissement qui en maintient le cours.

DERNIÈRE OSERVATION.

Le gouvernement ne saurait voir, dans les réflexions qui précèdent, le moindre caractère d'opposition tendant à contrarier ses vues et à embarrasser sa marche; on combat, au contraire, sa générosité et son empressement à saisir les moyens de libération les plus rapides et les plus profitables aux parties prenantes; on le met en garde contre le danger de vouloir trop bien faire, et on désire que sa bienveillance envers les créanciers de l'arriéré ne l'entraîne pas à prendre des engagements téméraires et ruineux, tant par la proximité des échéances que par la cherté de l'intérêt.

760 millions à payer dans trois ans feraient, avec l'intérêt à 8 pour cent par an, près d'un milliard; or, on peut prédire avec certitude qu'un tel engagement, si on a le malheur de le prendre, ou ne sera pas rempli, ou ne pourra l'être que par d'autres engagements plus onéreux encore, et en continuant d'accabler les contribuables.

Paris, le 15 août 1814.

www.ingramcontent.com/pod-product-compliance
Ingram Content Group UK Ltd.
Pitfield, Milton Keynes, MK11 3LW, UK
UKHW012127240726
13965UKWH00005B/2026

9 782013 193771